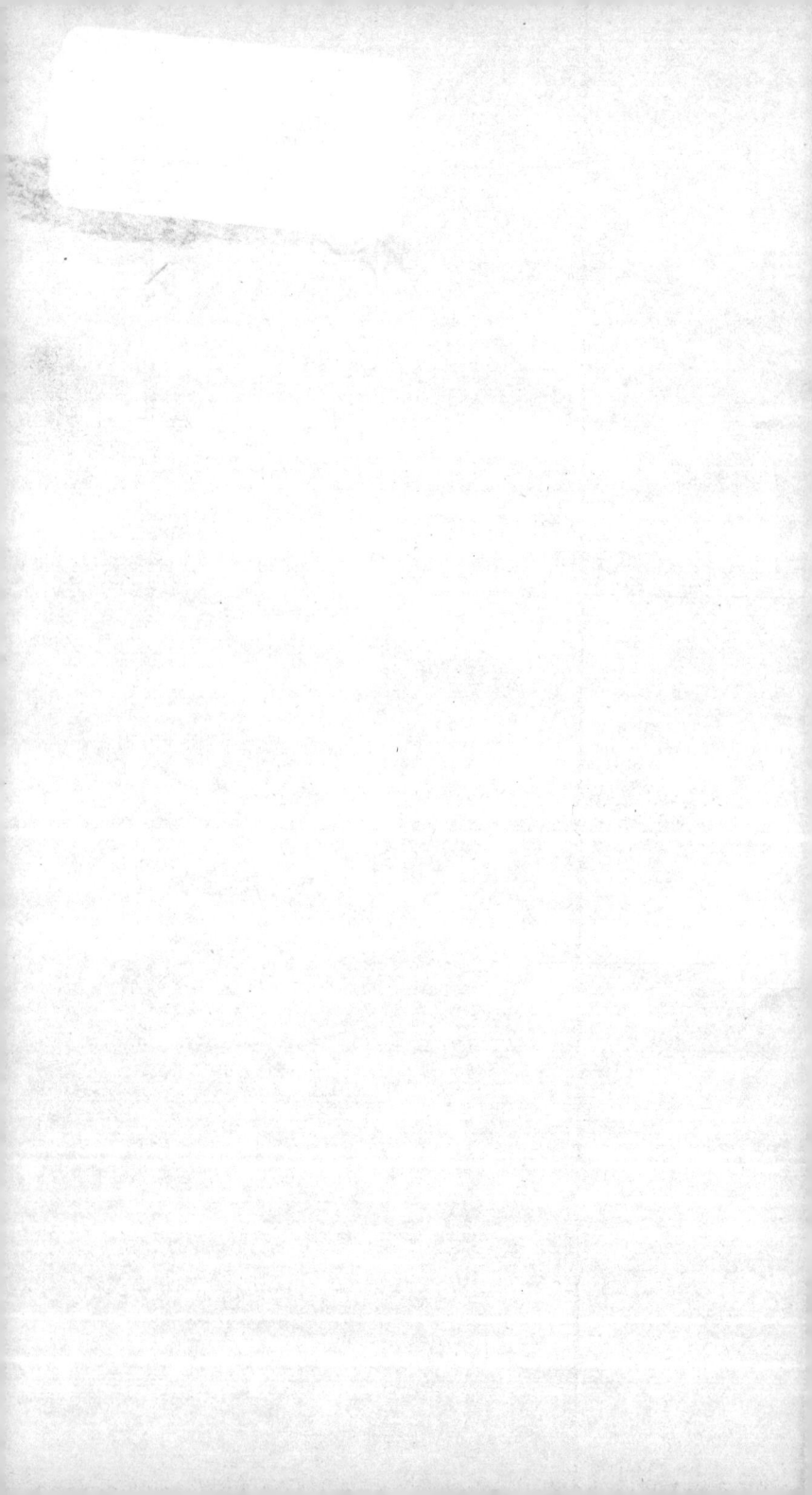

彭英 著

爱的礼物

诗歌就是我梦里的白帆船，
载着我去梦想的远方。
爱能融化万物，
催生着心灵朝阳光生长。

百花洲文艺出版社

图书在版编目(CIP)数据

爱的礼物 / 彭英著. -- 南昌：百花洲文艺出版社，
2023.1

ISBN 978-7-5500-4847-8

Ⅰ.①爱… Ⅱ.①彭… Ⅲ.①诗集-中国-当代

Ⅳ.①I227

中国版本图书馆 CIP 数据核字(2022)第 227673 号

爱的礼物　　彭英　著

Ai de liwu

责任编辑	杨　旭	
特约编辑	张立云	
装帧设计	云上雅集	
出 版 者	百花洲文艺出版社	
社　　址	南昌市红谷滩新区世贸路 898 号博能中心一期 A 座 20 楼	
电　　话	0791-86895108(发行热线)0791-86894717(编辑热线)	
邮　　编	330038	
经　　销	全国新华书店	
印　　刷	长沙市精宏印务有限公司	
开　　本	880 毫米×1230 毫米　1/32	
印　　张	6	
版　　次	2023 年 1 月第 1 版第 1 次印刷	
字　　数	10 千字	
书　　号	ISBN 978-7-5500-4847-8	
定　　价	58.00 元	

赣版权登字　05-2022-314

网　　址　http://www.bhzwy.com
图书若有印装错误,影响阅读,可向承印厂联系调换

大江
大河
奔腾不息
那是龙的血液
在翻滚流动

我曾梦想
自己也飞上蓝天
像鹰一样，翱翔
带着自己的梦和理想
叱咤风云
做一只勇敢的鹰

跳跃的春

不是凡间俗子

而是，地球的圣灵

他，总是蹦跳着，雀跃着

一年又一年的春枝

自序

　　我是在湖南湘潭长大的孩子，红色文化对我影响深远。

　　八九岁时，我受到近亲属的影响，立志要考清华北大。我的母亲、父亲认为我的想法过于天真。后来的许多年，我痴迷读书却一直未受到父母亲的重视。

　　在父母亲的眼里，乡村的女孩儿，只

要能跳出农门，嫁一个好夫君，保得一生平顺，就是人生的一大福气。

十五岁初中毕业那年，我考上了湖南省首批招考的岳阳师范学校五年制小教大专，父母亲欣喜若狂，以致对我提出的转读县一中高中部的想法不屑一顾。后来，我百般哀求，近亲、好友中也有几人出面说情，父母亲仍固执己见。无奈之下，我通过写下大量的日记，记下我所要表达的情感。

写日记伴随着我的成长，从八九岁每天写下简单的几句话，到十一二岁每天写下的一大段文字，到后来进入岳阳师范学校学习每天能写下好几页纸，厚厚的日记本承载着我无处诉说的委屈与对人生、社会不解现象的种种思考。

20世纪90年代中后期，岳阳作为沿江城市在湖南率先开放，我被一股前所未有的新鲜空气包围着，这与家乡的封闭与守旧形成了鲜明的对比。

我的种种观念渐渐被城市化，我怀着青年对这个世界的好奇与探索，做过许多的尝试。比如十七岁时设计出一个产品打算去北京申报专利，十八岁时成为师范校园里第一批学生股民，十九岁那年一个人跑去北京瞻仰毛主席遗容、参观天安门城楼、游览故宫，二十岁时成为北京某网站的小网红，等等。

一些新奇的东西让我青春的热血躁动不安，以至于毕业后分配到湘潭县一个比家乡更为闭塞的山村里久久无法适应。

在这个山村和家乡的山村，我蹉跎了最有希望改变职业的六年，并结识了后来与我共枕十年的人，这是后话。

岳阳师范学校的创新教育氛围是十分浓厚的，当时的校领导倡导一种比较开放式的教学方式。

一方面他们抓住学校位于市中心，与岳阳市教委、岳阳市委和市政府等单位的地理优势，推荐优秀学生去这些地方实习；一方面尝试某大学的管理模式，提供选修，还引进了湖南师范大学的自考班，让在校生有机会毕业就获得本科文凭；同时，阅览室里，学校还订阅了具有前沿性的杂志。

在这里，我得以大量阅读，增长了见识。除了学校的资源，业余时间，我还常去岳阳市图书城、岳阳市图书馆找一些自己喜欢的书。

我的成长与种种变化，与常年在偏远农村生活的父母亲产生了极其激烈的认同矛盾。父母亲对我这个从小就古灵精怪的孩子始终是极其不放心的。为此，我失去了与同学约定考研究生的机会，失去了毕业后转考县、市公务员改变命运的机会，失去了与同学、朋友一起去深圳等大都市打拼的机会。

在长期的磨合中，我慢慢学会了妥协。我孝顺地接受他们为我准备的"礼物"，扎根在小镇上，摹刻母亲的模样，做一个男人背后默默付出的女人。

　　美好的愿望与残酷的现实有时候事与愿违，了解不深走入的婚姻只是我的一厢情愿。我一味妥协谋求人生幸福的最后归途，经过近十年挣扎之后也被无情切断。

　　于是我痛心地写下了第一本诗集《断魂游章》（笔名野鹿）。书中，我还写了一部分社会生活之痛。

　　这本书机缘巧合地收入到湖南省作家协会 2020 年度重点扶持作品选题《湘女梦》诗丛（谭清红主编），并由《诗刊》编委、第八届全国人大代表、中共十六大代表、第六届中国作协副主席、中国电影文学学会副会长、鲁迅文学奖得主、央视热播电视剧《中流击水》编剧黄亚洲老师作序推荐。

前不久，这套由湘潭市女作家协会主编出版的丛书，在湖南科技大学人文学院举行了隆重的首发式。首发式上，黄亚洲老师亲临现场，对这套丛书的出版和发行给予了高度的肯定。

有了出版第一本诗集的信心，又恰逢中国共产党建党百年大庆，我尝试着收集这些年来我在不同平台上发表的红色诗歌以及部分日常创作的作品，结集成我的第二本诗集《爱的礼物》。

我的红色诗歌创作始于 2016 年。在一次社交活动中，我无意中听到县里正征集热播电视剧《彭德怀元帅》观后感文章。说者无心，听者有意。回到家，我立马彻夜观看电视剧，并搜集相关资料。两个月后，我终于完成了诗歌《共产党之歌》的创作。这首诗歌激情满满，经王北南老师介绍，收录进湖南省政法文创中心举办的相关赛事，得以在腾讯视频上传诵。

与中国西柏坡精神研究院革命历史题材美术创作室主任、湖南省政法系统文艺创作中心主任、湘潭籍红色油画艺术家王北南老师以及湖南省作协副主席、省网络作协主席余艳老师的友谊可谓是弥足珍贵的，他们对我的红色主题思想创作影响较为深远。王北南老师结业于中央党校和中央美院，曾戏称我是他见过的最为聪明的"80后"之一。这种评价给我这个在乡镇基层摸爬滚打了十几年的心如死灰的"无头苍蝇"以极大的起死回生的信心。

后来，一连串的幸运在我身上奇迹般地降临。我先后加入湘潭县作家协会、湘潭市作家协会、湘潭市女作家协会、湖南省作家协会以及相关文学团体，加入民进湘潭市文艺支部，参加毛泽东文学院的培训学习，并于 2019 年作为湘潭市作家协会派出的四位青年作家代表之一，出席湖南省第七次青年作家创作会议。

也许是骨子里的红色基因被彻底激活了，也许是压抑太久的希望终于现出曙光。2017 年开始，我把业余时间全部花在学习上，手不释卷。我创作的一批红色诗歌受到中国西柏坡精神研究院王聚英将军的肯定，受到中国长征精神研究院院长、文化长征的主要发起人之一罗范懿老师的肯定。

　　同时，组织上也对我信心满满。2019年4月1日，我有幸参加民进湖南省委在长沙召开的中心组（扩大）学习会议，聆听了全国政协副秘书长刘佳义题为《新时代统一战线和人民政协工作的根本指南——学习习近平总书记关于统一战线和人民政协的重要思想》的专题讲座。2019年5月17日我有幸聆听了民进湖南省委"我身边的先进"巡回宣讲团来湘潭的讲座。在思想上，我接受了深刻的教育与洗礼。

　　在这一系列活动的鼓舞下，2019年我为建国七十周年创作的诗歌作品《祖国，我爱您！》《跳跃的春》《百年"五四"，千年梦想》《悠远的思念》《孤岛，游子》，我为

2020 年中国战"疫"加油的诗歌作品《热血江汉》《蝙蝠的哭泣》，先后收入民进省委《楚帆》杂志纪念特刊。前五首，还幸运地于 2020 年 12 月悉数登上民进中央网站会刊撷英版块。

经历重重磨难的我，终于重新捕获了人生的价值，也突破了原生家庭对女性参与社会活动的不认同，突破了婚姻给我设置的重重封锁。

我感恩伟大的祖国，感恩伟大的中国共产党！我感恩暖心的民进人，感恩各级组织的信任与栽培！

我感恩这资讯发达、通讯便捷的时代，感恩生我养我的红色沃土，以及在这沃土上的相识、相知！

我感恩湖南文学的"黄埔军校"——毛泽东文学院这座神圣的文学殿堂！

我感恩各级作协、社会组织与民间文学团体、文学期刊和出版机构对我的欣赏与鼓励！

我更感恩那些相识或不相识的愿意帮助我的朋友，是你们的爱，是这个社会的大爱，让我在迷茫的人生路上获得了重生！

最后，我想引用我喜爱的著名儿童文学作家汤素兰老师的话做一个小结："成功并非叱咤风云，而是扎扎实实、勤勤恳恳、爱你所爱，乐此不疲，于人、于己、于社会有益、有价值。"

我想，我当以勤勉之手，写出心中的爱与向往，为这个社会、为这个伟大的时代创作一些有益、有价值的"礼物",不负青春,不负梦想!

彭 英

2021 年 7 月 19 日

于湘潭碧桂园

在一个破苞的夜晚
在一个露珠都开始流泪的夜晚
她倔强地开了

AI
DE
LI
WU

爱
的
礼
物

目录 ◉

第一辑　跳跃的春

第二辑　悠远的思念

第三辑 爱的礼物

AI
DE
LI
WU

爱
的
礼
物

第一辑 ◉ 跳跃的春

我爱这跳跃的春
正如我的祖国在欢唱
我爱这跳跃的春
悄悄降福禄于人间

跳跃的春

跳跃的春，难以想象

大河开始增流，大山云雾蒸腾

那是春，跳跃的春，到了

跳跃的春，不是凡间俗子

而是，地球的圣灵

他，总是蹦跳着，雀跃着

一年又一年的春枝

瞧，那梅花丛中残留的根

瞧，那含苞待放的花骨朵儿

是怎样的季节，什么样的力量

让这春枝闪耀，让这跳跃的春

悄悄降临人间

跳跃的春，活跃在江河里

跳跃的春，活跃在枝头上

跳跃的春，在孩子们的溜冰鞋里滑翔

跳跃的春，在雪娃娃逝去的梦里

我爱这跳跃的春

正如我的祖国在欢唱

我爱这跳跃的春

悄悄降福禄于人间

我爱这跳跃的春

沐浴大江南北

我爱这跳跃的春

我不多说，春已到来

2019 湖湘抗洪歌

沉闷的夏季，一场又一场的雨

让世界有些沉默

为什么沉默

因为这匪夷所思的雨

湘江河堤，不堪重负

它喘息着，鼓胀着肚子

用尽了所有力气

再也吞不下这不住的雨水

于是，某处薄弱的堤岸

响起了红色或黄色预警

肉搏的战士们

一个个挺身而出，冲锋在前

干部们布局谋划，指挥调度

危急时刻，分分秒秒都是关键

另一个被内涝吞没的院落

成了可怕的汪洋大海

而可爱的战士们，一群最可爱的人

不畏艰难危险，驾驶冲锋舟

在浪涛里如祥龙御风向前

那个熟睡的老人被救起

那个啼哭的孩子有了温暖的怀抱

那个白发妇人也爬上了冲锋舟

都被救起了

都安全上了岸

雨考验着这个世界

这世界给雨有力回击

哪里有危险

哪里就有人民子弟兵

哪里有危险

哪里就有缜密布署巧干能干

任凭这怒涛滚滚的如何横流

任凭这恣意汪洋的内涝考验

顽强不屈的湖湘人民

尽显毛主席故乡人的豪情风采——

敢与天斗，与地斗，敢与死神斗

敢与一切伤害人民的天灾斗

在老百姓的生命财产面前

在无情洪魔面前

湖湘人民正以昂扬的姿态

谱写一曲防汛抗灾的壮歌

征服你，怒吼的湘江水神

征服你，恣意汪洋的内涝

你们这群不速之客

终将在伟大的湖湘人民面前乖乖臣服

何不现在，就知趣地果断退去

还人们一个风和日丽的晴天

辣椒的使命

辣椒的使命

是挂在枝条上炫耀

还是成为爽口的

绝世美味

那得看辣椒自己

我见过红红的灯笼椒

高高地挂在喜庆的门上

一户户老农窃喜

一对对新人欢笑

还有蚱蜢，蜂蝶

绝不错过这可期的盛典

我见过弯弯的青椒

还带着新生的蜡油亮

就早早地下了油锅

又钻进了瓦瓮

再掀开盖头来

成了清香的辣椒泥

当然，我更多地看到

她们成群结队地

钻进了菜市场

成了群众的用餐作料

有人贪食

大把大把地买

有人怕辣

只点缀菜头的品相

南来北往的人

对辣椒的感受不同

不像湖南人，湘妹子

非得辣辣辣

辣红了大嘴巴

辣亮了金嗓子

更辣红了火一样的生活

忆雷锋

雷锋，不算太久远的名字

他，或深或浅地

活在我的记忆里

我学习雷锋，没干过什么大事

我只像螺丝钉，或深或浅地

活在人们周围

做点小事，做点好事

做点人们需要的事

写点力所能及的诗

唱点力所能及的曲

希望有人会记得

有人会感动

有人会想起我

这个微不足道的我

第二辑 ◉ 悠远的思念

母爱如小船
扬起幸福的风帆
母爱如葡萄串
酸酸又甜甜

母爱谣

母爱如小船

扬起幸福的风帆

母爱如葡萄串

酸酸又甜甜

自那 280 天的孕育怀胎

我们便熟知了母亲的笑脸

虽然贴着肚皮

虽然隔着"羊"海

可母亲的声音

我们依稀可辨

那是我们最初的熟悉
那是人生启蒙的笑颜

哇哇哇——
我们降生于人间
哇哇哇——
我们啼哭自己的不满
……

生命——
从这一刻起
便有了新的开篇
而妈妈这个称呼
则有了全新的概念

于是——
起早贪黑，苦乐酸甜

都是从那一刻起
我们把那叫人生的起点

其实做母亲的辛苦
何止是你出生的那一天

打从那小小的受精卵
扎根母亲的弯管（输卵管）

母亲便把生命里最好的
全部给了我们
……

十月怀胎
一朝分娩
那是女人的痛
也是女人的甜

她连接着

家庭的纽带

寄予着

幸福的期盼

而我们只知道

在襁褓里啼哭

借机诉苦

那一点点

饿饿饿——

烦烦烦——

我们就是那

淘气的乖乖脸（婴儿肥）

而母亲则

百听不厌

百看不烦

我们享受着

母亲的清纯素颜

依旧美如天仙

……

一岁半

两岁半

三岁半

我们就这样

在母爱的阳光下

享受成长快步向前

一天一个样

百天又新鲜

我们就这样

苦了累了母亲

都只是为自己

那开心的一点点

……

五岁半

六岁半

七岁半

我们开始习练写字

从弯弯曲曲的横线

到工工整整的字田

都滋润着母爱的雨露

都洋溢着幸福的风帆

九岁半

十岁半

呼啦又少年

我们成长在母爱的视线

我们幸福在爱的摇篮

……

不知哪天起

我们开始烦——

烦母亲的唠叨

烦母亲的饭菜

我们只感受自己的烦

从不管母亲的难

我们淘气又贪玩

我们游泳又爬山

我们强壮自己的臂膀

我们丰富自己的牙尖

哪里还知道家里有

母亲的殷殷期盼

我们总是逃得远远

我们总是翻墙越砖

......

总之"人间恶事"
尽做不怠

我们忘了那张甜甜的脸
只在意自己成长的涩酸

"哎，你永远不懂我！
永远也不懂我！！"
......

我们总在翻箱倒柜地找词
只为在母亲面前蒙混过关
......

母爱像葡萄串
酸酸又甜甜
......

母亲虽也有怒气冲天的时候

可转瞬间又是那甜甜的笑脸

呜呼——

是笑我傻

还是笑我逃不出您的厉眼

呜呼——

是吗

我就要试试看

……

母爱像葡萄串

酸酸又甜甜

……

于是成长的涩与酸

都尽收一页页青春的字典

……

十八岁的我们

偷偷把他（她）给暗恋

荷尔蒙地翻江倒海

已经让我们彻夜难眠

……

悄悄藏起小心思

偷偷挽起手腕儿

在竹林里偷闲

在小船上浪漫

……

我们享受着窃喜的那番"爱"

哪里记得母亲牵挂的双眼

儿行千里母担忧

我们只忙着逃开——

从此天马行空
从此自由无边
……

母爱像葡萄串
酸酸又甜甜
……

我们哪里体恤
母亲渐渐老去的容颜

我们哪里疼惜
母亲的脊背
已被悄悄压弯

我们哪里明白
每一次刷卡

都是母亲

辛辛苦苦攒来的钱

我们刷刷刷

我们买买买

超支是常事

……

我们透支着母亲的爱

使母亲的脊背压得更弯

我们振振有词

我们有我们的脸

……

母爱像葡萄串

酸酸又甜甜

……

我们就这样

走过了

天天 "犯案" 的青涩少年

终于慢慢懂得——

母爱并不酸

而是打心里的一种甜

这种走近心坎里的甜

这种贴近心房的甜

是世间任何事物

所无法取代

是人间任何钱财

所无法购买

当我们有一天

不得不痛悔面对

(子欲养而亲不待)

老去之后的母亲

我们将——
模糊自己的双眼
我们将——
回顾成长的一点点
我们将——
把母爱温习一遍又一遍

那张青涩的痘痘脸
那顽皮努起的小嘴尖
那看似酸涩的唠叨爱
那真实的暖暖甜

都会在脑海里
一幕又一幕
在心田里
蜜甜又蜜甜

啊，母亲的爱

像一艘载我们远航的

小小幸福船

盛满了沉甸甸的爱

啊，母亲的爱

像那一缕缕

扯不完的葡萄串

有酸涩的我们的理解

有真实的幸福的蜜甜

啊，母亲的爱

就如人生长河里

护航的幸福劲帆

教我们辨识世间百态

依旧对生活笑眼弯弯

啊，母亲的爱

虽然已渐渐远去

可留给我们的

不是涩与酸

而是生活的美与甜

啊，母亲的爱

让您有了不老的美丽容颜

不管我们身处何地

不管我们何等官衔

在您的心里

我们始终是您

长不大的

那个顽皮孩儿

我们还时常——

调皮、贪玩

只为自己想要的

幸福的一点点

而这幸福的一点点
竟然是包藏了
您人生全部的爱

母爱像风帆
托扬起幸福的小船

母爱像葡萄串
酸酸又甜甜

母爱是酸的吗
不！——

母爱是甜的
而且是一生的甜

人生长剧
也可以在醉酒的迷糊间
提前释放终点

借题发挥——读湘南徐工作品有感

曾如徐工一般地

流浪，流浪

流浪到犯傻

流浪到被人骂

其实、其实我只是

留恋好景、好人

留恋丰富的世界

总恨自己的双脚

长得不够长

一脚又一脚
都没达到自己的想象

想过去拜望星星月亮
顺道问问牛郎织女可好
想过外太空的外星人
或者恐龙幸存

浩渺星空曾是
我梦想的终点
我跑呀跑，跑呀跑
一直都没能跑到

而后，而后
我的子弹用完了
带拖拉机的那张也不见
它们躲进了深邃的布兜里
我又不忍心扒开

两三年，八千里路

小女子遥望天边

可天边的红霞呀

她怎么也没采到

怎么也采不到

她其实不贪婪的

只想着一片

一片就够了

用来装饰红头巾

让妈妈开心地笑

小屋里

南腔北调在一个小屋里集锦

数数，有来自四川的

有来自江西的、陕西的

更有我这地道的湖南湘潭口音

我总试着用最标准的北方方言

和他们交流讨论

无奈，这乡音

总不声不响地在腹腔里酝酿

又不经意地在紧张的门牙里喷薄而出

交通安全书

那个奋勇争先、身手敏捷的蝌蚪小子

强吻进心仪的女神的一刻

生命，便翻开了崭新的那一页

这里会有牙牙学语、飞脚探险

也会有精彩的华山论剑、玫瑰树下斯文的求爱

它时常翻唱着一幕幕欢笑与泪水同在的

人生欢喜歌

也可以在醉酒的迷糊间提前抵达终点

有你，真好！——致敬中国机长

有你，真好

有你，那片蔚蓝色的高空

我不再害怕

有你，气流涡旋

也像在舞蹈

我曾梦想过，自己也飞上蓝天

像鹰一样，翱翔

带着自己的梦和理想

叱咤风云

做一只勇敢的鹰

可那，终究是梦

而我，第一次飞上蓝天

是一次旅行

和朋友，同事

和热爱祖国大好河山的旅人

高空遇到气流

有你们及时广播

机身的颠簸

有你们温馨的问候

一杯咖啡，一杯清茶

是你们贴心周到的服务

当然，更有你们

满满的职业情怀

危急时刻

你们定会挺身而出

给旅客最温暖的心里慰藉

和最大的安全保障

我深深揪心，危险的 8633
你们，顺利地闯过了一关又一关
一次次危险，一次次旅客的躁动不安
你们，勇敢无畏地与困难周旋
最后，最后终于，平安归来
带着几千几万个揪心的问候
我们，我们终于平安落地

这，是多么神圣的一降
从九千八百米的高空
到稳稳着陆
面临了一场巨大的挑战
而你，你们，经受住了
这危险的生与死的考验

我相信每个人都害怕过
可，就是这危急的关头

要命的关键时刻

你，中国机长

克制着，清醒着

敏捷地思考着任何一种生的希望

刚毅，果敢，睿智

呈现在黝黑的帅气的脸上

好样的，中国机长

危急时刻，你最终做到了

做到了最好的自己

虽然这，只是百次、千次

飞行中极其普通的一次

但你和你们，凸显了危急关头的

职业素质，和职业素养

致敬中国机长

致敬一群最平凡、最可爱的中国人

有你，有你们

我，和我们的祖国

将不惧蓝天，不惧千里万里

稳稳地跋涉向前

致敬中国机长

致敬一群

夜空最闪亮的星星

元宵颂

抱上一团黑泥

去热锅里洗个澡

叫上我那群敢死的兄弟

齐刷刷一起跳进去

虽然白胖的身子不是那么好看

锅里沉浮，转得晕晕乎乎

可当咬我第一口的人迸出泪来

那一刻

我觉得兄弟们的献身精神

年复一年

都是如此值得

元宵夜忆从前

老家的灶台上

落满了岁月的尘埃

发黑的洞穴

映照出时光隧洞的从前

热气腾腾的元宵宴

仿佛在 20 世纪的某天

它不忍分别太久

跨越时空，匆匆赶来

大理石灶台上

有汤圆兄弟的集体照相

咔嚓、咔嚓——

圆滚滚的身子

多像曾经的那条泥巴路上

的一群活蹦乱跳的弹珠儿

那时的我挖过三个"弹窝"

一个仿佛在三岁半

一个成了现在

还有一个

被突然赶到的大黄狗

踏出了梅花的五彩斑斓

茧子

那年，疯狂在键盘格

留下左右两道

催生的黑色斑点

我总想告诉朋友

它的具体位置

有人说是

——在膝盖

被一颗

欲摘星辰的执念捆住

强压成文的囚徒

学步

我总在每一首好诗前
驻足观望，停留叹息

我探幽每一个灵魂
想吐露的心事
但总有失败
总有啃不下的硬肌

浩瀚的诗海
犹如宇宙星辰
高深莫测

我只得选择潜游

聆听每一座礁石的发声

亿万年前的分化

留下了可贵的印记

礁石老人

铿锵的语调教我说学逗唱

我哼哼而歌

稚嫩的浅浅童音

是否拨动了

一颗久盼的心弦

浩瀚的诗海
犹如宇宙星辰
高深莫测

我只得选择潜游
聆听每一座礁石的发声

长木凳的叹息

一条矮矮的长木凳

曾祖父坐过

祖父坐过

父亲也坐过

如今它已支离破碎

隐藏在老屋灶台下的柴木堆里

正如一棵古木

饱经沧桑皱巴得失去了笑脸

这里

烧水做饭，折饺子，滚汤圆
已退却到上个百年

我在闲暇的周末
偶尔把它凝望

如果隧洞能通向童年
我要久坐，验看

探悉它的过往
它的童年

它如何长成一棵树
又如何在刀锯下
成了一块长长的木板

还有热闹在此的
长长过往，欣喜，和长眠

屋檐的滴答水
已把我洞穿

我该早早地出现
让故事重演

可狭窄的奔驰
容不下它的臂肩

我只得抛下它
放它重回角落

如果它愿意
请给我下一个百年

中秋月圆

或许，或许

下一个月圆

有人就不在了

那今夜的月饼

今夜的花生

一定特别香甜

或许，或许

下一个月圆

母亲就乘风而走

那今夜月光下

瘦小颤巍的身影
一定最美

或许，或许
下一个月圆
我不得不去远方
那今夜的糕点
湘江边的短笛
一定满噙着泪

七夕的思念

夜的草原，思念在疯长
那燎原之势，似乎要吞没黑夜

折一只纸鹤，送到清风里飘浮
或远或近，带去一点点心安

渔火又亮了，思念的灯被点燃
一闪一闪在湖面，又突破不了夜的黑

何必痴顽呢？反正也胜不了夜

可渔火的微光

在挣扎——

在颤抖——

在跳跃——

那就把油灯点得更亮一点吧

消灭这夜的黑——

让思念星火燎原

闪亮夜空

金霞山，我的爱人

最爱金霞山，每天下午或者傍晚

我都会同她徐徐走，慢慢爬……

不管哪种姿势，或大声欢笑形，或狗爬气喘形

或奔跑追赶形，或隔山呼唤形，或……

妙不可言，不能明说的爱恋

脚下的路，半陡的坡

娭毑（湘潭口语，奶奶）一般地驼起背

爷爷一般地弓起腰

我们共同奋力向上

愉悦的，开心的，陶醉的

这就是：山给我的乐趣

山给我的友谊，山给我的爱情

我多么喜爱这座山，七八岁吧

有一次爬山比赛，我们都小老虎似的

一个个争先恐后，叽叽喳喳

老师都犯了糊涂，不知道谁该拿奖品

最后来了个普发……

哈哈，其实我是浑水摸了鱼

哈哈，我胖乎乎，喘吁吁

哪是爬山的料啊，老师却不知

那是我的幸事，也是我的小秘密

她至今还不知情，或许……

她就是这样刻意地忘了

给我一份快乐的童年礼物

这就是我与山的初恋……

她是我童年的一首歌

她是我现在的一支舞

她是我将来的一场恋

或许你不懂她的歌舞

或许你不懂她的婀娜

可我就这样

把她给暗恋：天天米，次次看

怎么也不厌……

这就是我对山的情

这就是我对山的爱

这就是我对山的礼

这就是我对人生的恋

奋进的小马

我是一只奋进的小马

清晨拉开了马蹄响

那河边的青草啊

是那么的绿油油

那河畔的风光啊

是如此的美无边

我——

怎么能让自己就这样贪睡

错过了一个清晨

岂能——

第二次

我是一只奋进的小马

那晨露的微笑拉开了阳光的一天

那珍珠般的晶莹剔透

拉开了美好一天的序幕

我——

怎能这样昏睡

怎能——

这样恋床

我是一只奋进的小马

任笛儿悠扬

那么美的回响

我——

哼起了小调

在河畔的无限风光里

任小尾巴哒哒哒

我是一只奋进的小马

清晨的阳光成了我美丽的衣裳

让微风扬起我的马蹄儿

就这样哒哒哒

像快乐的小鸟儿

在蔚蓝的天空中欢快的飞翔

一会儿高一会儿低

一会儿横一会儿斜

我是一只快乐的奔马

朝着理想的方向奔忙

那飘洒在阳光下的美丽

那丛林深处的隐秘

就这样扬起了梦想的风帆

就这样让梦启航

我是一只快乐的小奔马

哒哒哒——

沿着河畔慢慢地跑啊跑

爬啊爬——

尽管于漫长的河岸上

我掠过的影子

远小得如同一只蜗牛

可——

蜗牛也有登天的力量

一步一步地向上爬

一脚一脚地向前踏

哒哒哒——

我相信有一天我一定会歌声嘹亮

我相信有一天我一定会铭写辉煌

欢喜减肥歌

终于苗条到，让自己喜欢

双腿白白，双脚匀称

忍不住发笑，忍不住偷偷

——欢喜！久没见的人儿

你可知道？你可知道

忍不住发笑，忍不住

偷偷欢喜，偷偷喜欢自己

五个月，那是漫长的跋涉

饥饿，眩晕，抓狂，低落

都绊过我，没能绊倒我

减肥，也是一首快乐的歌

一二三，做运动

一二三，跑跑步

一二三，深呼吸

一二三，不放弃

自己给自己加油

自己给自己打气

要武装个全新的自己

要交付个全新的自己

让生活的霉运随脂肪远去

让快乐和幸运随美丽而来

一个美好的自己

一个美丽的自己

就是最好的生活

就是最好的运气

也说童年

碧草，绿树林

与我有些远了

懵懵懂懂，我奔向

大家都说好的城市丛林

这钢筋水泥混合的地儿

是梦想的天堂吗

如果退回去

又会发生什么呢

我怀念躺在厚厚草地上的日子

我拍了好些与草地的拥吻照

参差不齐的小草

夸张得和蓝天一般高

我给跳来跳去的蚱蜢挠痒痒

它该叫跳蚤的

那是蚱蜢的童年

童年多精彩呀

一身灰尘一身泥

也得感谢妈妈

典型的劳模

为了我，为了家人，无怨无悔

《犇向绿心》里有人爬过竹子

小时候我也爬过

不过我没从竹子的顶端

荡过去到过另一根

我想过那样去做

没有猴子的胆量

我种过南瓜和玉米

在竹林旁边

原是种向日葵的

可葵花籽一粒都没发芽

后来撒过地雷花

实实的一罐籽儿

第二年春，竹林底下

开满了鲜花

红的，白的，紫的，粉的

装扮了整个竹林

连小竹子都弯腰叹息

说下辈子要做彩色的花

那时的童年，金光灿灿

太阳还没落好

谁家的娃就忙着抢夺地盘

兄弟俩早早的

扛上大竹床

摆在水塘边

再来时嘴角还黏着饭粒

咧开嘴笑，冲出辣椒香

其他的孩童也纷纷赶来

占个小小地盘

孩童和早起的鸟儿

汇成调皮的歌

淡淡的蓝天

与火红的彩云

互相逗趣

山那边，太阳公公

只剩半边笑脸

收工的大人们

簪上谷花做的彩妆

红黑相间的脸蛋儿

乐得如孩童般天真

池塘风和池塘水多清凉呀
咕咚一声
隔壁的哥哥抓大草鱼去啰
碧水，蓝天，彩云
笑做一团

童年多精彩呀
一身灰尘一身泥
也得感谢妈妈
典型的劳模
为了我，为了家人
无怨无悔

雨中的小泥人

雨中的小泥人啊

一颗心在悄悄地流浪

雨，毫不留情地

把它脱了一层又一层

它仍然顽强地立在那里

它记得主人的嘱托：

"一定要好好地

看着这块田地，

不让虫鸟来侵袭！"

傻傻的小泥人啊

一天一天，一月一月

勇敢地立在那里

风不停地侵袭着它

雨不停地洗刷着它

它不退缩！不畏惧

它只有一个信念：

好好守住！好好守住

这样又过了一年

它瘦了整整一大圈

一天，主人悠闲地走来：

"天哪！我的泥人卫士，

你这是怎么了？"

小泥人不敢哭出声来

它怕一哭，又掉下一大圈

它只好呆呆地站在那里

轻声地念叨着：

"我得坚强！我得坚强！"

粗心的主人就这样走了

没有读懂小泥人的心事

这样又过了一年

小泥人还在守着，守着

它想着——

或许这次主人会表扬我吧

会把鲜艳的红旗给我插上吧

可是，它等呀等，等呀等

等到它的泥头已经变了模样

等到它的泥身开始颤巍和呻吟……

这天夜里，又来了一场雨

又急又凶，它就这样

坚守着，坚守着……

第二天，主人突然

想起了它，急匆匆地赶来

可是，可怜的小泥人

已经化成一堆黄土

再也无法站立

昨天夜里，它已经

使尽了生命的最后一丝力气……

在它仅存的一个泥块

勇敢地坠地之前

它还在努力地

念叨着主人的名字……

生活中的许许多多

也许人们还不太懂得珍惜

等到逝去了

才开始惋惜

开始心痛、开始失声

花朵的心

寒夜，冰霜

没有摧毁花朵的心，想飞的心

她，倔强地保持着生存的信念

时常在花心里，描绘蓝图

时而梦在碧空，时而隐向飞浪

她没有脚，也没有翅膀

可飞行的心，不变

飞行的胆儿，不变

或许，这是花朵不该有的

可不想想，又怎知未来

于是，花朵长呀长

她的根，向地心汲取营养

她的叶，向天空伸出翅膀

谁也不知道花朵有梦

她不说，谁都不知

就这样，她被雪藏了三千多年

在一个破苞的夜晚

在一个露珠都开始流泪的夜晚

她倔强地开了

她开出了云彩，一片火红的云彩

不久，飞鸟纷至沓来，叽喳啄食

就这样，在阳光明媚的一天

她终于，终于随着一群飞鸟

登上了渴望的蓝天

二十四年前的证明单

即将消失的老宅，在傍晚的雨里哭泣

借着渐黑的夜色，它想说什么呢

这二十四年的孤独，或者寂寞

告别它时，我是朝气蓬勃的孩子

现在，我已近惶惑的中年

老宅子曾经的辉煌如今安在

还记得那热闹的十八桌

还记得那阿猫阿狗的欢笑

如今，只能去日记本里找找

或者在已褪色的老照片里

童年翻滚的日记让年轻的梦想滚烫
或者，老去的身体拾起一段记忆
我不想说这一定是错
也想那童年的马尾鱼给我答案

三只咕噜咕噜的马尾鱼
每天鼓起一串串泡泡
梦想都藏在泡泡里
飞起来快，破起来也快

我不想有泡泡那样的童年
也怀念病躺着的马尾鱼
它们葬在不老的樟树下
没有池塘，但有树叶唱歌

黄昏日暮它们能看见
朝霞日出它们能找到

这，是我想好的
和落实了的答案

静静的阳台上，空空的罐头瓶
孤独了二十四年
花盆里的草
长了又枯，枯了又长
长到最后
消失在再也无法生长的干涸里

我仔细地端详着玻璃罐头瓶
隐约有九五年的日期痕迹
透光的地方没有被风霜龟裂
易碎的东西有时也变得坚强
比如——
这张二十四年前的证明单

痴情的内向

想过给马尾鱼先生更好的归宿

让它重回池塘或者河坝

然而，想法还在脑子里纠结

它们却先走了——

我在学校里住宿的一个礼拜

它们悄悄地弃我而去

伴了我三年的好伙伴儿

悄无声息地离开了

在某个静静的夜晚

我沉浸在童话里

它们却凸出水面

变成阳光来到面前的

最后的泡沫

不会说话的马尾鱼先生

一直试着用泡泡与我交流

在某个我生闷气的夜晚

在某个难题打败我的时候

在某个我摔下来受伤的时分

在某次我犯错哭泣的时刻

它是唯一的

钻进我心底的物——

得知噩耗的那一刻

我提着零度的心匆匆赶来

风在头上直冒热气

汗珠子挂满了白皮肤

可我还是晚来一步——

......

我不知道自己是怎么的懊悔

罐头瓶依然

在阳台上

在老地方

——痴情的内向

爸爸

一

爸爸是个好医生，医术精湛

从小聪明好学

掌握了过硬的本领

十几岁时，爸爸就开始行医

一双赤脚，走遍了山村的角角落落

谁家有几个病号，他能熟悉掌握

哪家喂了只凶狗，他能一一数出

雨天，他一身泥水
晴天，他一身灰尘

可爸爸从不抱怨，也不推辞
他喜欢自己的职业，愿做救死扶伤的医生

人们不但记住了他的名字
而且记住了他的脚印
他就是我的好爸爸
一名无私的乡村医生

二

很少有人懂啰嗦大王爸爸
爸爸还真是个啰嗦大王
不管你是不是听清楚了

他都会把如何服药说上三遍

不厌其烦——
不管其他人有没有听见

爸爸的习惯还不止于此
他时常把家里的事情
细致嘱咐一遍又一遍

比如门是否关好
比如开水瓶是不是上好了盖

诸如此类
爸爸时常操心

有时候我们会厌烦爸爸的啰嗦
慢慢也理解了爸爸的关怀

——必须的

三

初中学历的爸爸
还是一个噬书馋虫
六十多岁的年纪
总是把老医书
看了、背了一遍又一遍

还自学了网上淘书
一本又一本
钻进了箱子里、书柜里

家里最需要添置的就是书柜

——永远是书柜

四

我得感谢爸爸

挑起了生活的大梁

不论风吹雨打

他都是我永远的榜样

一个没长大的小孩

一位大写的父亲

我得感谢爸爸
挑起了生活的大梁
不论风吹雨打
他都是我永远的榜样

妈妈

妈妈是个严厉的老师
不让我犯任何错
一点点错误，她都会大动肝火
让我伤心，让我难过

其实我是无意的，我只是好奇
然后就犯了错，然后就闯了祸

我多想妈妈能原谅我
像外婆那样疼爱我
可妈妈是老师，天生就那么严格

严格得一点都不愿放过我

因此，我也就有了好的习惯
有了对完美的渴求
虽然很多时候，我忍不住犯错
错了又害怕得哆嗦

可我还是忍不住好奇
忍不住挑战新的东西
直到有一天，我终于长大了
妈妈才真正明白了我

想念外婆

宁静的夏夜，满天的星星
有一颗就像外婆，在悄悄地看着我

她是我最尊敬的人，是我的启蒙老师
我在她的怀里长大，在她的故事里成长
我忘不了外婆

小时候，妈妈是个大忙人
根本没时间照顾我
奶奶在外地，很久才来一次
外婆就成了我最知心的人，外婆也最懂我

尽管我很调皮，经常闯祸

可外婆却愿意包容我

她知道，我只是好奇，内心并无恶意

我感受到外婆的爱，就像春天般温暖

上小学了，我不得不离开外婆

我痛哭流涕，不想离开疼我爱我的外婆

可我不得不离开

因为长大了，因为要学知识了

外婆远远地对我笑，把我送进了学堂

宽敞明亮的教室，成了我的新家

身边有了妈妈

夏夜的凉风吹过，我又想起了外婆

想起她生前的点点滴滴

时光已悄然远去

外婆躲在了繁星里，让我再也寻不着

我多想念我的外婆啊

我总是盯着那些星星去看啊，找啊

希望有一天，一颗星星从天上飞下来

来到我的梦里

就像回到童年，回到外婆的怀里

影子少年

有一个小小少年

被一篮鸡蛋所感动

那幼小的心灵扑通扑通

他似乎找到了自己

看见了自己

从此他孜孜不倦，夜不释卷

读呀读，读呀读

爸爸妈妈以为他疯癫

爷爷奶奶看出他的不凡

一切一切

只因为他胸中有了理想

他要做一个伟大的人

什么是伟大，什么是伟大的人

他自己也不清楚

只是，他就这样走着

按照自己的想法做着

尽管夜里有疲倦闭眼的时候

可他，从未忘记自己的理想

若干年后，他从事了普通的工作

接触着一群群最最普通的劳动者

可他，仍没放弃自己

他要做一个杰出的人

有所作为的人

他一直努力奋斗着

只有奋斗才会衍生幸福

只有一直奋斗

幸福才会长长久久

他要做一个杰出的人
有所作为的人
他一直努力奋斗着
只有奋斗才会衍生幸福
只有一直奋斗
幸福才会长长久久

又到六·一八

一天一夜

我总在两种爱里纠结

与金钱无关，与家庭有关

或许是到了该决定的时刻

可怎么决定可能都是错

我不得不辜负其中一方

那一群渴求的眼神

时常具有某种魔力

能吞噬我的惺忪疲惫

吞噬我关于生存

关于金钱的种种——

遭遇了童真这种魔力
陷进去，无法脱身

昨天又去了寄宿制学校看望女儿
临离开那会儿，我望着她的背影
匆匆钻进教室听课
又突然猫出来半截身子
对视的一眼，她快速躲闪
让我心有泪滴

长长的分别，不短的十年
她已经从两岁零八个月的小娃
长到如今亭亭玉立的一米六八
而我在她的成长里
输入了些什么？——

我感受到彼此火热的亲近的渴望

又迈不开自己坚定的步伐

在一颗心和一群心之间去选择

我极度困乏，辗转难断

又到了六一八这个特殊的日子

想起了自己二十四年前的那些辉煌

命运又为何这般，这般跌跌撞撞

邪气入我心——

剪不断理还乱

思绪再次飞乱我的头发

放学的铃声惊扰一群叽喳的小鸭

我多巴望有一盏明灯

今夜就点亮你我未来的窗

生活拾景

一、懒老师

我是想说告别的

因为有人更需要我

我是不想告别的

因为你们——

这群我呵护了两年的小娃

我看着你们

从懵懵懂懂的小娃

变成了成熟的半大

是的，我的教学总是有点儿冒险

我总喜欢，鼓励你们自己动手

我是，或许我的确是

是那个最懒惰的老师

我总是轻轻地悄悄地跟在你们身后

而忘了，忘了那些来自"上方"的叮嘱

是的，我是一个"坏"老师

"坏"到自己偶尔坐在你们身后

像个馋嘴猫那样吃冰激凌

可是，你们也很快乐呀

我相信你们会有你们的快乐

尽管我背着千斤重的嘱托

可我，却能充分地相信你们

我相信信赖是一种更为强大的力量

能使得你们管好自己，快乐自己

是啊，如今似乎又要说告别了

千言万语在心头

我又该说些什么呢

该嘱咐你们注意些什么

是吧，我把该说的其实已经都说了

是吧，我把该做的其实已经都做了

我充分地相信你们

虽不是亲生，却更好地传递了我的力量

我是充分相信你们的

你们这群可爱的小娃

二、王木子钰小朋友

没想到那天下那么大的雨

没想到你还是那么执着

一定要跟着老师去长沙

去拜访大师

大师真是大师呀

让我叹为观止

让我一辈子仰望

只是，只是在这小小山沟里

哪里能寻得知己

哪里能寻得如我一样崇拜她的知己

有时我想想，想想也是

在吃穿都要精打细算的地方

追星大作家

的确会是一件奢侈的事情

可是，我就是忍不住瞎跑

忍不住要带你们去广阔的世界

我想带你们去更高远的天空

看那朵更美丽的云彩

或许，只是我的一厢情愿

但我今天，还是赢得了你

一颗小小的跟随我的童心

三、拜访作家

是的，那天的想法看似有点儿突兀

其实我已想了很久很久

是的，我之前就已经联系好了

可是，到了真要执行的那一会儿

我还是有点胆战心惊

因为，因为学校有纪律

因为，有爱你们至深的父母亲

毕竟，这又是一次不近的旅行

可是，你们还是来了

有何梓茹，有罗秋吉

还有，刚刚转来不久的

带着些许外地口音的胡灏桁

你们都是好孩子

你们都非常热情

而且，更为可贵的是

你们有一颗巨大的爱心

你们那么早就赶到了

比我还早呢

你们待在那里

你们盼望着老师

就等着我的一声号令

你们真是好孩子

完全赢得了两个奶奶的心

她们一直在夸赞你们

夸赞这群好孩子

夸赞这次充满意义的小旅行

四、邓紫依小妹妹

邓紫依小妹妹

是个单眼皮小眼睛小女孩

还有那么一点点羞涩

还有那么一点点胆小

可是，你最终还是

大胆地站到了大礼堂前排

勇敢地站到了那里

勇敢地战胜了自己

战胜了自己的恐惧

出色地完成了集体表演

我是有点儿担心你的

因为你的母亲

因为她——

不好说，但你还是成功了

老师向你表示祝贺

五、如果树还记得

如果树还记得

我刚来时候的样子

那你，会不会也如我现在这般留恋

如果树还记得

我漫步在你脚下的日子

那你，会不会也如我这般经常思念

如果树还记得

我的小伙伴们游戏的样子

那你，会不会祝福我们的友谊

祝福我们的友谊能天长地久

如果树还记得

树还记得那些快乐的日子

那你，会不会恳求时间

恳求时间慢一点儿，慢一点儿走……

六、如果山还记得

如果山还记得

如果山还记得这个勤奋的女子

这个急于改变命运的女子

那他，会不会给她助力

给她，一双飞翔的硬翅

如果山还记得

如果山还记得她的举步维艰

到如今的健步如飞

那他，会不会从心底送出祝福

祝福她，卸下一身重担与疲惫

慢慢地行走，行走在她向往的世界

如果山还记得

如果山还记得陪伴她的鸟鸣雀跃

那他，会不是也发出一声

发出一声清脆的鸟鸣

把这清脆的鸟鸣

送给东方，送给鱼肚白的清晨

七、 如果你还记得的

如果你还记得

还记得你的高跟鞋陷在泥地里的样子

那你会不会再给我一次欢笑与祝福

祝福我终于找到了梦里的那个自己

找到了那个迷失千年的知己

八、如果夜还记得

如果夜还记得

有个孤独的人

默默写了三十年

三十年的悲苦记忆

三十年的快乐情怀

她一直这样活着

勇敢地活着

九、如果千禧夜还在

如果千禧夜还在

它应该记得那个孩子的誓言

如果千禧夜还在

它应该会默默祝福那个孩子

如果千禧夜不下雨了

那是，那是那个久盼的孩子

笑了

第三辑 ◉ 爱的礼物

爱的礼物，是妈妈热腾腾的早餐
爱的礼物，是爸爸送我上学的叮嘱
爱的礼物，是同学轻轻的一声问候
爱的礼物，是老师无声的勉励

我爱樟杨小学

涓水之畔，有一座小小的学校

这里，只有 11 个老师和 161 个学生

而我，却深爱这所学校和这里的一切

整洁质朴的校园，像一位沧桑的老人

诉说着从前，现在和未来

在并不豪华的教室里

有传道、授业和解惑的老师

在同学们并不丰富的心里

时刻装着求知，团结，友爱和文明

在不大的食堂里
有配餐阿姨精心准备的午餐

在电脑室，在图书室，在音体美活动室
我们享受着与城里孩子同样的教育资源

这里有对农村孩子的满满关爱
这是家、校、社会，共同建造的和谐家园

我爱樟杨小学
爱学校里的每一棵小树
每一朵小花
每一株小草

我相信，在并不宽大的校园跑道上
辛勤的汗水，同样可以跑出世界冠军

我相信，在并不平整的课桌上
同样可以孕育出伟大的科学家

我相信，樟杨校园里每一段质朴而动听的歌声
同样可以承载我们快乐的童年

我相信，我们的爸爸妈妈，爷爷奶奶
也和我们一样，深爱着这所小小的学校

我爱樟杨小学

在樟杨的小小校园里
我们是一群幸福成长的好娃娃

美丽的母校易俗河镇二中

您从回忆中走来

带给我过去的精彩

您从高山下的昏黄

走向如今的辉煌灿烂

您是我敬爱的母校

像我慈祥的母亲一样

您是我耕耘的沃土

让我幸福在三尺讲台

二十年的相识

您如知己一般将我陪伴

每当我脆弱得病倒

是您给了我希望的明天

"加油、努力，

你曾是第一！

不跌倒、不放弃，

你是我未来的希冀！"

总能听到"母亲"在睡梦中的呐喊

让我在黑夜里急促地醒来

是您啊，母校

是您的声音

将我深情呼唤：

"是啊，孩子，你已经长大

为什么不来母校上班？

既然母亲曾给你飞翔的翅膀，

你该为母校去做点什么！"

……

终于迎来了十一载后的久别重逢

曾经熟悉的操场

和那魂牵梦绕的跑道

仿佛都在向我诉说着从前……

原来，漂泊的心

竟然在这里停留

原来，游子的梦呓

竟然是将您深刻记忆

是啊，母校

我们分别得太久太久

回忆的悸动

让我无法呼吸

如今，我终于勇敢地向您走来

带着疲惫的心和忐忑的爱

来诉说着你我的故事

和那十一年前的种种回忆

您始终有一颗对孩子包容的心

尽管我是那不争气的一个

可您还是把我深情地偎依

紧紧地抱着我从不嫌弃

啊，母校

我终于懂得了你

是您温暖的怀抱将我呼唤而来

是您梦里的召唤让我喜极而泣

曾经迷途的孩子

终于在这一刻惊咤

曾经漂泊的灵魂

终于返航

那被风雨侵袭的少年的心

终于在您的怀里暖暖相依

是您啊，母校

是您让我坚定地追随着您八年

是您一路鼓舞我策马扬鞭

虽然我曾多次跌倒

虽然我曾满襟污泥

可您从来不把我放弃

是您啊，母校

您暖暖的爱给了我心灵的家园

您温温的情让我久久留恋

虽然同事走了一批又一批

虽然学生毕业一季又一季

可我，还是不忍离开你

因为这里有我成长的足迹

因为这里有我颤颤的纸笔

是您啊，母校

您给了我一支画图的神笔

让我这颗不敢动弹的小小心灵

终于能勇敢地突破自己

是您啊，母校

您给了我一双小小的翅膀

一股振翅高飞的勇气

让我在苍穹里敢说敢飞

让我在寒夜里从不言弃

敬爱的母校，我爱你

如同孩子温馨地躺在妈妈的怀里

敬爱的母校，我盼你

如同期盼孩子闪亮在未来的星空里

敬爱的母校，我爱你

我期望您有一个更加辉煌灿烂的明天

敬爱的母校，我盼你

我期待您累累的硕果压弯我的扁担

那是我们教育者的自豪

那是我们耕耘者的蓝天

啊，母校，我爱你

就如同爱着我自己

我愿意细心照顾您每一天

每一寸讲台

每一提笔尖

都将是我对您的温情奉献

我愿用生命来讴歌您

我的母校

我的未来

我们共同的明天

那年，女儿还在腹中

突然，学校广播通知

我只得挥汗爬上四楼

挤进课间的喧闹里

瞬间倒塌的房屋惊得我咚咚心跳

也吃掉了教室里方才的喧闹

它甚至揪住了我的心脏

咬掉了我的耳朵，如同疯狂的凡·高

簌簌的泪水滚过

扩散出一大片新生的泉眼

唏嘘声越来越高

淹没了夏热里可恶的蚊子

教室里汗泪混合

几个孩子都成了大花猫

后赶来的三五个迟到者

悄悄地藏在书本的背后

不一会儿，他们也融进泪里

地动山摇的画面，摇曳着我的心

每一个生命的奔跑都牵扯着我的泪腺

对死亡的恐惧已经把我们和汶川连在了一起

人类在自然的恶魔面前，不得不瞬间低头

但我们的灵魂却不服，我们的内心在呐喊：

"快跑！快跑！快点跑！"

孩子们的呼声惊动了电视机屏幕

那几个人果真跑得更快了

这让我感到了莫大的欣慰

"啪啪啪，啪啪啪"
还是有不少的房屋在倒塌
那危急的场面，一次次让我们唏嘘不止
这是可爱的孩子们第一次直面死亡

"加油吧!"
"努力奔跑吧!"
"救命啊! ……"
各种声音混合

如今，十年过去
山河无恙，长城壮美如昔
厉害了，青年一代
厉害了，我们的大中国

如今，十年过去
山河无恙，长城壮美如昔
厉害了，青年一代
厉害了，我们的大中国

致敬教师节

老师，老师，我最亲爱的老师

您，就像妈妈一样

每天，早早地出现在教室里

问候我们：

是不是吃好了，有没有感冒

老师，老师，您真伟大

您，就是一本万能的百科全书

不管什么问题，您都愿意耐心地解答

我们，就是调皮又贪问的牛顿

在您的关怀下，获取丰富的知识和营养

老师，老师，您又像勤务兵

总在同学们休息的时候，持续工作着

午睡时分，我们甜甜地入梦

您啊您，总来教室里轻轻走动

关心谁没有加衣，谁又在流鼻涕

老师，老师，您还是心灵的天使

一节一节长高的我们

藏起了许多懵懂的小秘密

您啊您，小心地保护着这些秘密

让我们健康踏实地度过青春期

我们，在您的细心呵护下

快快乐乐地成长

微风悄悄地翻过日历

微暖的朝阳已如日中天

而我们，因成长而依依不舍地离开您

您的两鬓有了飘舞的白发

您的脸庞有了岁月的划痕

您啊您，不再像从前那样精神

无情的岁月，悄悄地偷走了您的青春

老师，老师，虽然我们去了远方

可是，在我们心底

时刻装载着您给予的知识

和您赐予的无穷力量

那段美文，那座高楼，那枚勋章

都是您耐心教导的功劳啊

我们深深地怀念着您

深深地爱着无私奉献的您

在这第 34 个教师节里

只有向您深深地鞠躬敬礼

表达我们对您深深的爱和敬意

谢谢您！敬爱的老师

红领巾真好

清晨，林中谁最快乐

是可爱的小鸟

叽叽喳喳，蹦蹦跳跳

一会儿唱歌，一会儿梳理蓬松的羽毛

清晨，林中谁来得最早

是红领巾来放鸟巢

崭新的木牌上写着："请爱护小鸟！"

小鸟在枝头高唱：红领巾真好

红领巾真好

那是烈士的鲜血染成

踏着英雄的足迹

我们继续前行

红领巾真好

那是庄严的国旗一角

承载着光荣的使命

我们奋勇兼程

红领巾真好

它是我光荣的使命

让我好好学习

在知识的麦田里辛勤耕耘

红领巾真好

它给了我一颗心

一颗满满的爱国心

一颗暖暖的爱家爱人民的心

它让我："学好本领，自强做人，

关心集体，乐于奉献。

为祖国的富强而努力学习，

为人类的幸福而奋不顾身！"

爱的礼物

爱的礼物，是妈妈热腾腾的早餐

爱的礼物，是爸爸送我上学的叮嘱

爱的礼物，是同学轻轻的一声问候

爱的礼物，是老师无声的勉励

爱的礼物，是花园般美丽的学校

爱的礼物，是如诗似画的语文课堂

爱的礼物，是有趣的美术小手工

爱的礼物，是奥数老师的解题思路

爱的礼物，是英语老师的漂亮假发

爱的礼物，是科学老师的神秘魔术

爱的礼物，是音乐老师悠扬的小提琴演奏

爱的礼物，还有同桌借我的一块橡皮

爱的礼物，还有小组长给我的小小手册

爱的礼物，还有课代表给我的一次次辅导

爱的礼物，是同学间快乐的游戏

爱的礼物，是操场上教练的哨声

爱的礼物，是配餐阿姨精心的食谱

爱的礼物，还有传达室爷爷给我的一个信封

爱的礼物，还有放学时奶奶接我的甜甜怀抱

理想

星星问我：你的理想是什么

我说：我的理想是当科学家

月亮问我：你的理想是什么

我说：我想当共产主义接班人

河边的小柳树问我：你的理想是什么

我说：我的理想是给银河搭桥

让牛郎和织女天天相见

让孩子们有个完整的家

山崖上的小鹰问我：你的理想是什么

我说：我的理想是快快长大

搏击长空，和太阳赛跑

悠悠的白云问我：你的理想是什么

我说：我的理想是踏浪远行

奔赴远方，寻找未知的宝藏

枝头的露珠问我：你的理想是什么

我说：我的理想是踏寻朝阳

开掘宇宙的无穷能量

早起的鸟儿问我：你的理想是什么

我说：我的理想是做一个勤奋的人

勤能补拙，勤以立身

勤能兴家，人生在勤

小手拉大手，共建文明城

胖嘟嘟的小手，是县城文明的小帮手
胖嘟嘟的小手，是校园文明的好帮手

胖嘟嘟的小手，是校园的勤务兵
帮老师擦黑板，帮同学扫教室

胖嘟嘟的小手，是爷爷奶奶的好帮手
陪爷爷下象棋，伴奶奶游公园

胖嘟嘟的小手，是爸爸妈妈的好帮手
帮爸爸擦鞋子，帮妈妈洗青菜

胖嘟嘟的小手，是哥哥姐姐的好帮手

帮哥哥计时间，帮姐姐梳辫子

胖嘟嘟的小手，是弟弟妹妹的好帮手

帮弟弟洗手帕，帮妹妹拉皮筋

胖嘟嘟的小手

拉着结实有力的大手

共建美丽家园，共建文明县城

共塑和谐社会，共筑美好人生

小手与大手，相亲又相爱

小手拉大手，文明一起走

跳跃的春 (同题)

叮叮咚咚，是谁在敲门呀

是春哥哥吗，是不是准备出门钓鱼了

哗啦哗啦，是谁在唱歌呀

是春姐姐吗，是不是准备梳妆打扮了

嘻嘻嘻，捂着肚子的桃骨朵儿偷偷笑呢

嘿嘿嘿，种子说：我要使尽洪荒之力破壳了

地底的笋芽儿说：是时候见见阳光了

仓里的谷子说：我要找农民伯伯去

跳跃的春，跳跃的春
就要，就要来到人间

小鸟喜欢跳跃的春，它要尽情地歌唱
小树喜欢跳跃的春，它要穿新衣服了

天空喜欢跳跃的春，阳光绽开了笑脸
白云喜欢跳跃的春，小水滴们活跃热闹

岩石喜欢跳跃的春，来陪它玩的鸟兽多了
沙土喜欢跳跃的春，农民伯伯天天来耕种了

小河喜欢跳跃的春，它天天高涨
小溪喜欢跳跃的春，它有了欢乐的乐章

学校喜欢跳跃的春，五星红旗又升了起来
操场喜欢跳跃的春，这里多了许多欢笑

小书包喜欢跳跃的春，这里又多了几本新书

小铅笔喜欢跳跃的春，它的笔下多了美丽的画

足球喜欢跳跃的春，它飞旋起舞

篮球喜欢跳跃的春，它每天蹦蹦跳跳

多美的春呀，它赶走了冬的冷寂

多美的春呀，它蹦蹦跳跳欢乐人间

小鸟喜欢跳跃的春
它要尽情地歌唱
小树喜欢跳跃的春
它要穿新衣服了

童年的小桥

童年的小桥

联通了两个不同的村落

东村有可爱的翠翠

西村有可爱的良良

他们是一对好同学

一对好同桌

每天早晨

太阳刚刚跳出了山窝

东村的翠翠

怯生生地迈过小桥

来到西村良良的家

被窝里的良良

被甜甜的声音唤醒

快快地起了床

哗哗的流水唱着欢乐的歌

那是良良拉着翠翠的手

稳稳地走过小桥

星期六的下午

良良背着长长的鱼竿

来到东村翠翠的家：

"我们一起去钓鱼吧？"

翠翠开心地拍拍手说：

"好呀！"

机灵的小鱼

装满了良良的小竹篓

良良得意地说：

"下次我要钓更多的鱼！"

善良的翠翠急忙拦着说：

"够了，够了，

多可怜的小鱼儿，

让它们在溪水里多玩几天吧！"

哗啦，哗啦

多美的童年小桥呀

它见过翠翠怯生生的问候

见过良良的单手飞车

见过背篓里满满的小鱼儿

它更像是一首欢快的童年乐曲

足球小子

不高的足球小子

左冲右突地奔跑

在围挡他的人群里

脚下的足球随脚尖飞旋

身上的球服白亮耀眼

他是为胜利而奔跑的带球者

他无畏对手的重重围困

他敏捷的伸手矫健的步伐

让他轻松地面对强悍的对手

加油吧！足球小子

你是我们的骄傲

奔跑吧！足球小子

把对手甩得远远的

我相信睿智的你

一定能在对手的重重拦截中突围

我相信不服输的你

一定能动用所有的智慧战胜对手

谁说矮个儿就不能当英雄

谁说一人敌不了众人之关

智慧深藏于心中

步子坚定于脚下

你一定会成为那个

勇敢突围的战士

不凋谢的玫瑰

一朵玫瑰，在我桌前

鲜艳夺目，那是教师节的清晨

可爱的女娃娃，蹦蹦跳跳

送给我的，我闻了闻

有淡淡芳草味，还有牛奶香

我叫它，牛奶玫瑰

牛奶玫瑰下，有一只熊娃娃

它头戴一颗红心，胸前挂着

深情的表白：I LOVE YOU

我不是第一次收到玫瑰

玫瑰也不是第一次爱上我

只因为今天，特殊的教师节

我与它有了相遇的缘分

风儿送来阵阵清香

我疑心，怎么还没凋谢

细看，原是绸缎做的

一朵玫瑰，在我桌前
鲜艳夺目，那是教师节的清晨
可爱的女娃娃，蹦蹦跳跳
送给我的，我闻了闻
有淡淡芳草味，还有牛奶香

山里的小龟

一

那天的讲台上
突然出现一只塑料小龟
我疑心哪个孩子又带了玩具
怒气冲冲地在行子里走来走去
不对，我明明强调过的
这时一个孩子主动朝我走来
"是黄花带的，她不听您的话!"
我睁大眼睛，走近黄花

恨不得把可爱的黄花吃进嘴里

可黄花吐出一句话来：

"老师，我在路边捡的。

它好可怜，一个人躺在那里……"

二

下课了，围来一群孩子

"老师，它已经死了。"

我捏住龟背一看：

果真死了，是只真龟

我心里似一阵风猛地刮过

凉飕飕地寒到了脊背

我甚至觉得我的胸腔里已经有了泪滴

只是没有从眼角滚落出来

三

"中午吃了饭来这里集合!"
我吆喝了一句
掩饰起快要打出的冷战

四

只过了几分钟就有人回来了
"老师,我吃完了!"
"老师,我也吃完了!"
……
"好吧,一起去学校后面的山里。"

五

长长的队伍一眼望不到头
我奇怪这睡着的小龟的号召力
"不要这么多人，我只带五个!"
平时的口令在关键时刻失效了
还是破例来了十几个人
我担心着学校的纪律
却又不忍驱散这群孩童
"好吧，就只能你们几个了!"

六

小龟静静地躺在刚折好的
用作业本的格子纸做的"棺材"里
那么安详，比之前安详多了

七

十几个孩子的
浩浩荡荡的队伍跟着我上了山
"开挖!"
十几根小树枝争先恐后地
扒开那堆大枞树下的土
青苔盖面被迅速粉碎
一个小坑很快就好了

八

"老师,我量过了,刚刚好!"
"好样的,你真乖!"
小琪总是这么能干

九

"埋下去了，还要给它

准备一块墓碑"

小琪找来了一块

比火柴盒大一点的长木板

稳稳地插入了泥土里

十

春天，松木的芬芳飘散着

我在这座山下工作了三年

那曾经厌倦了的泥土的香味儿

又点燃了我久违的梦想

十一

这是小龟，那安详的小龟

在梦中给我的力量

这是小龟，
那安详的小龟
在梦中给我的力量

特别鸣谢：

民进中央网站会刊撷英编委

民进湖南省委委员会及《楚帆》杂志社

民进湘潭市委委员会、民进湘潭市文艺支部

湖南省作家协会、湖南省诗歌学会

湖南省儿童文学学会、湖南省作家协会教师作家分会

湘潭市青年联合会、湘潭市作家协会

湘潭市女作家协会、湘潭县作家协会

湘潭县教育局、易俗河镇中心学校、樟杨小学

星星诗歌讲习所、毛泽东文学院

中国散文网、湖南日报·湘江周刊

《楚风作家》杂志社、《雨湖》杂志社

百花洲文艺出版社

潇湘悦读文化研究会(湖南读书会)